JN251420

アオキ

神尾和寿 詩集

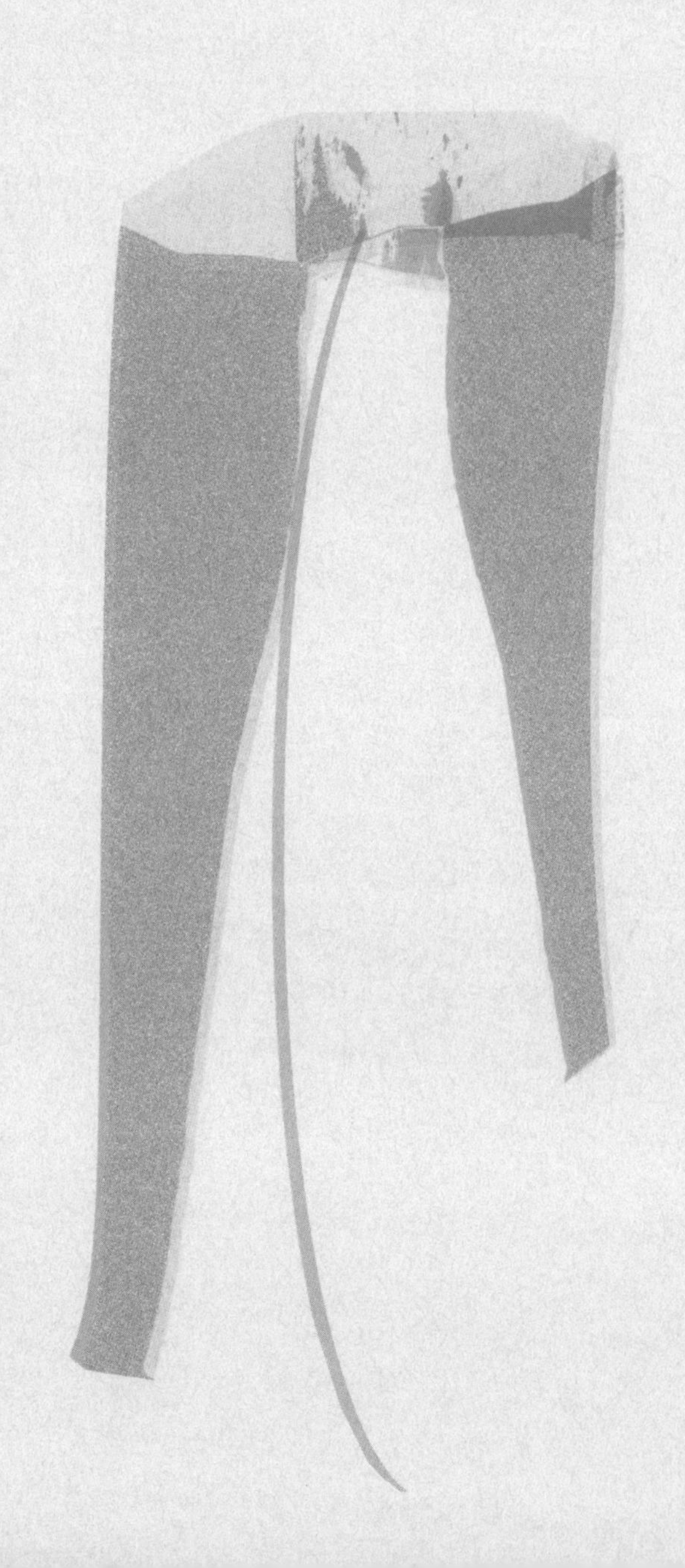

編集工房ノア

詩集「アオキ」　目次

装幀　倉本　修

*

アオキさん

アオキさんが
まだ来ない
イノウエさんなら
三年前から来ている
ドラム缶にまたがってたばこを吸っている
旨そうだ
イヌのウエダ君と
サルのエグチ君に声をかければ
けんかの最中だ　かみつかれてひっかかれて

すごく痛いのかもしれない
アオキさんだけが　いつになっても
来ない
はじまらない

いつもの茄子

いつもの優等生の　あの娘（こ）が
今朝は　真っ赤に
髪の毛を染め上げている
玉子焼きを食べてきたと言う
その点は
いつもと同じ
茄子の味噌汁も飲んできた
と言う
運命のようにチャイムが鳴る

ぼくは注目する
起立をするのだろうか

ヒヒヒィーン

馬がヒヒヒィーンとおもむろに鳴いたような　気がする
ながい顎は
形容を逃れて
獰猛だったにちがいない
物語のなかではそうだった
電灯の下で物語ばかりを読んでいたような　気もする
草原には
悪のひとかけらさえも見当たらなかった
全面的に

陽が射していた
よかれと思って
制作された　麦わら帽子を
女子高生は頭の上に取り入れた
で
モダンな自転車にまたがって　はじめての海水浴へ

おはながながいのね

彼らは言葉を所有するようになった
原始の時代から
歌を歌いたかったらしい
象は　ぞーさん、ぞーさん、おーはなが、　と歌い
馬は　お、う、ま、の、お、や、こ、は、　と自己を歌い
ほとんど
絶叫するようにして歌い疲れて
すやすやと眠りについていく　一頭一頭に
毛布をかけて回るこのわたくしは

飼育係　けれども
これでは明日からの
動物園の営業は無理　というものだろう

その向こう

ピーチクパーチクと
ヒバリの親子が囀(さえず)っている　その
団欒の
向こうでは
温度のない目玉で
青大将が狙っている　その
本能の
向こうでは
雷様が

自慢の太鼓の皮の上に
いままさにバチを　振り下ろそうとする
ところ

ものの見方

サイや象の眼（まなこ）は
世界をにらみつけている　が如し
一方の　トンボの眼には
世界は
どこまでいっても相対的だ
肉親が交通事故に遭ったとき
多くの眼には涙が浮かんだが
道路を濡らした鮮血の赤に
眼がひとつだけ　見開いていて

ほんのかすかにわくわくもしながら
秋の空を
秋の空を

水道ジャージャー

栓が壊れたのか
はたまた　実は
もとより栓は幻想だったのか
水道ジャージャー
部屋は海
太平洋とも大西洋とも
言えるし
インド洋としても認められる
インドマグロと　わたくしとは

食物連鎖以外の関係に
今や突入し

ぼく（たち）の歌

ぼくたちのリーダーは
はたちより
少し手前の女の子で
白いスニーカーを履いている
白いギターを抱えている　さあみんなで
歌いたい歌を
力の限りに歌いましょう
後ろ手に縛られて
胸を張り　空を仰いで

季節の変わり目に　よそみをすると
小ぶりのヒップが
ぷるんと威嚇する

楽器の色々

老婆の顔面を強打することで
マンドリンの用法が
広がった
前世紀の初頭から
さみしがり屋さんは
ベッドのなかに　チェロを持ち込んでいる
やがては
色とりどりのカスタネットが
上空から　ばら撒かれることも

あるだろう
拾わなくてもよし
拾って
タンスの底にしまっておいて
六十年後に
自分と一緒に焼き上げてみるのも　また
よし

祝福

おめでとう
ありがとう
税金を全部
費やして
花火を打ち上げます
あらゆる因縁も打ち上げます
となると　今後
地上に残存するのは
正直な

わたしたちだけになりますね
すがすがしくも感じられますが
よく考えてみれば
恐いことですよね

ピンポン

ピンといって
鉄砲玉みたく
野に放たれたなあと思ったら
ポンといって
なにくわぬ顔で帰宅している
炬燵（こたつ）にあたりながら　蜜柑の皮を剝いている
いわゆる
ジューシィーということになるのだろうが
場合によっては

異論もある
悪い鼻をつけたおとこは
生まれたときから
その液体のことを　ポアポアと呼んでいて
王様に脅されたとしても
絶対にゆずらないのだ

チーズ

どこを切っても
モッツァレラ・チーズ
機嫌がよければ
金太郎や
桃太郎
薄汚れた小学校の教室であったり
市役所の昼下がりの窓口であったりもする
まずは
この書類に

署名をしたまえ
すべてはその瞬間から始まるわけだが
さて　私の本名とは

スィート

人生は甘くない
と
ぼくに
ぼくよりも年上の人は　いつもそう言う
（であるならば
どのような味がするのでしょうか）
味はない
色も形もない
喩えようがないからこその　人生

もしも
喩えることができるのなら　ソイツは魚や豚になっちゃうよー
と
にこにこしながら　いつもそう言う

戦争と平和

七人の敵がいる
という
世間で
計画通りに　戦ってきた
瀕死の重傷を負ってきた
妻と子供たちの手によって家庭に迎え入れられて
けろりと甦(よみがえ)る
テレビを点ければ
そこにも　ドラマがある

単なる願望だと一目で分かっても
声援だけは送り続ける
くじけるな

ハラハラ

天候が変わりやすくて
生きた心地がしない
恋人はからいばり
案山子はつっけんどん
生きた心地がしない
お風呂に入ろうかな
そのあとでビールを注ごうかな
口元をぬぐってテレビを点けようかな
その場合

ロビン少年とバットマンとの
本当の関係は？
生きた心地がしない

誘拐

思いを　言葉にしてみる
「坊やは預かった。
　大金を用意しろ。」
その提案に呼応して
「警察には通報しません。だから
　倅(せがれ)だけは無事に返してください。」
さて
正確に表現できたかな
それとも

気まぐれな旅人のように
そこにかすかな嘘が忍び込んでいないかな
何度も　何度も書き直す
西の空がだんだんと赤く
それでも
時間は止まっているかのよう

赤

赤いものは
共産党
真っ赤な嘘
を断固として主張し続ける　その情熱や
唐辛子
夕焼けのなかに
卑猥な暗号を発見して　顔を
赤らめる
君は

まだまだ青いなあ
大いに経験を積んでいくべきだ
タコが茹でられて
瞬間にして変身している
そこから　先は
さまざまな調理方法が考えられうる

すっぱだか

「ひんむいてすっぱだかにしてやるぞ」
と　人相の悪いおとこが
誘拐してきたＯＬさんに対して
凄んだ
人間をバナナなどの果実に見立てた上での
表現である
しかし　それから先の意図は誰にも読めない
ＯＬさんは
唇を　ぐっと噛みしめて

さっきから震えている
スクリーンのなかの　名場面である
お金を払って
ぼくは　今ここに坐って
見ている

無人島なのに・ぼくがいて・まっぱだか

真っ裸になって
猛然と走り出す
世界新記録を出していても
それを計測する者はいない
聞くに堪えない罵詈雑言も叫び放題
誰の耳も
そこに生えていないから
夜には　きれいな月光が射してきて
ヤシの木の根元に　おぼろげな影が

寝る
ぼくまでもすっといなくなる

東尋坊

岸壁に
靴がまじめにそろえられていて
そのわきには　手紙も添えてある
そっと中身に触れてみたい気もするが
遠くて手が届かない
また
読めたとしても
予想外のことが書いてあったら
どうしよう

「ベンケイ」とか「ヨシツネ」とか
ましてや
文字とはまったく違うものが
便箋から景気よくあふれ出てきたら
ぼくも
いたたまれなくなって　跳び込んでしまうかもしれない

タカノブさん

毎朝の母（ヨシコ）は
仏壇に向かって
聞こえてしまっては
おそらくとても恐ろしいのだろう主旨の言葉で語りかける
そうして
「味方はタカノブ（ヨシコの亡父）さんだけだ」と
最後に締めくくってから
顔を洗う
死者とのそのような付き合い方は

不健全だと思う　ぼくであるからには
たしかに
彼女の
味方であるとはいえない

くるくるぱー

くるくるぱーが
懐から横笛を取り出して
吹く
ぼくは踊る
彼女の手を取って　彼女の
顔面はくるくるっと変わって
そのたびに
ぼくは涙したり怖れおののいたり
このメロディならば

心臓もぜんぜん疲れない
ぱーっと降り始める予定の　豪雨さえも
まだまだ　先の
話

ばかにつける薬

ばかにつける薬があった
アマゾンの奥地で発見された
ひと儲けしようと
商事会社が目をつけた　その
結果として
さっぱり売れない
なぜだか分からない
社長はきっと憂鬱だろう
パイプを緩くくゆらせながら

ガラス窓越しに往来を見つめる
吾が輩も含めて
こんなにもばかが生きているというのに
なぜだか分からない
本当にばかだからだろうか

雲をつかむような話

まるで
雲をつかむような話を
彼はする
雲はつかまない
あくまで
雲をつかむような話をする　彼は
集団就職で
東北地方から上京してきてから四十年が経っている
自宅の庭では巨大なドラゴンを飼っている

とも言う　ぼくは
聞いている

ドンパチ（菅原さん）

「あーなたのーことーなどー知りーたくなーいのー」と
菅原さん
菅原さん　の子孫たちも
菅原さん　のことなど知りたくないのー　と
頭から布団をかぶって
年中寝ている
ときに
胸騒ぎあり
（ついにドンパチが始まったのか）

あわてて雨戸を開けてみれば
青空に　鳥たちが舞っていて
世にも美しい声で
鳴いているという

佇まない

コンクリートで　固められた
プラットホームは困りました　だって
佇むべき男がいないの
ですから
ひんぱんに電車は通過します
ときにはミカンも売られるの
ですが
こんな
調子では

今すぐに溶け出しても
かまわないのではないでしょうか

フライパン

みんなには隠してきた　ぼくの
裸を　きみだけには見てほしい
ぱっと
脱いだ
ポーズを決めたあとで
うなだれた　そのとき
きみは料理の最中だった　から
左手にフライパンを握っていた
熱く

ないかいい　やがて
なくなった

過去形

ものごとが起こる瞬間に
そのことを同時に語るのは　無理だろう
夏の河原に
仲良しの　みんなが仕事のあとに集まって
花火を見上げる
弾けると
もう
思い出か
帰りの満員電車のなかで

痴漢行為に走ったのも
思い出か
軽快にふるまった中指と人差し指の先端を見詰める
君の
声が出ない
すかさず
ながい睫毛（まつげ）
その次の次の次の　花火

あらいざらい

あらいざらい
ここに述べてみますと
しょっちゅう破廉恥なことを考えてきました
毒々しいものではなく
淡い　雪の感触です
そうしてそれを実行に移さなかったのは
良心と法律が　存在していたからであり
世間体のことについては
ちっとも

気には　しておりません

乾燥するでしょう

アサッテといえば
四十八時間が経ってからの　こと
まぶしさのなかに　軽やかに洗濯物が舞っている
死体は
干涸びている
海は
確実に塩辛くなっていって
だんだんとうつむき加減に
あの約束のことを

覚えている者が
半島にまだ残っているか　どうか

捕虜

捕まった
ひとつの小屋に
放り込まれた
仲間がいない
暗黒にして清澄である
ふくよかな掌で
口を　無理やり
こじ開けられて
フランス料理のフル・コースが運ばれてくる

前菜から始まって　メインディッシュだって
二種類もあるんだ
食後の飲み物は
エスプレッソがいいなあと念じていると　はたして
エスプレッソだった
仲間はいない

首実検

刈り取られた首の上に
件の武将に関する首のイメージを重ねるが
結論は出にくい
なんとなれば
生きている最中の喜怒哀楽の表情と
刈り取られる　瞬間の驚愕の表情とでは
異なるからだ
そんな決定的な事情からは独立して
その首の傍らでは

恭しく　我が家来が首を垂れている
判断を下さねばなるまい

いないもの

源氏は
情け容赦なしに
平家の落武者たちの首を刎ねていく
だって
人生に勝利したのだもの
しかも一発逆転だったって言うじゃない
まだ生きて残っている者はいないかなと
どこまでもどこまでも
探し続ける

月の裏側はどうだろう　でこぼこと
歩く
すべてが視界である
いないものはいないない

戦友

たとえば
梅崎春生氏の小説などに
戦友なるものが描かれる
戦禍をくぐり抜けて
みごとに再会を果たした
戦友
だから
星座をすっかり忘れた夜空のもとで
安酒を酌み交わす

大いにくだを巻いてよい
ほとんど壊れているのだし
理由もなく殴りかかってみてもよい　が
俺の前で
口笛だけは吹くな

勲章

毎朝　のそのそと起き出してきたので
あなたには
勲章を差し上げます
勲章には
或る動物の顔面がデザインされていて
生臭いです
砂の中に　埋めておくと
ひとりでに歌い始めます
そのことが理由となって

世の中が嫌になる人もいれば
決意を新たにする人もいます

歓楽街

中央には
大きな図書館
その右側から　順に
離婚相談所
自殺相談所などなど
絶望する前に
たまには　悩みに気づいてほしい
もう少し
通りをぶらぶらすれば

圧倒的なボディが口紅を塗って街角で待っている　はず
となると
将来的には　お金が必要だ

夜のお店で考えてみる

はち切れそうな　肉体に
醜悪な精神が宿っている
そのような組み合わせのいきものたちに
囲まれて
さっきから息を出し入れしている私とは
誰なのか
オッパイが　弾丸のように躍動しながら
容赦なく迫ってくる
その間に挟まれた　頭を

ひねりながら
もう一度　よーく考えてみる

「ところで」発「そして」行

別役実氏が
戯曲『やってきたゴドー』を著した
図書館で借りてきた
「ところで」
そのチャーミングな本をひとかけらも読んでいない
戯曲『ゴドーを待ちながら』も
見ていない
見る機会が訪れない　そうして
親とは口をきかない

定刻ともなれば
服を脱いでから風呂に入る
両腕を　お湯のなかに浮かせる
それから
「そして」　が指先にあり

順次

尊敬する人たちの輝く笑顔に対面して
かむっていた帽子を取って
首を垂れ
腰を折る
地面にひらたく這いつくばる
（これでもかこれでもか　といった具合）
順次
かわいい穴を掘っていって
埋まる

汗だけが残る　やがて
それもさっぱりとした塩となる
誰の日記にも
描かれなくなる

あっ

だまって
濁った水のなかへまっすぐに糸を垂らしている
もう　仕事も喧嘩もしないから
日曜日の
次の日も
朝から大好きな魚釣りをしている
陽射しの
強い日には麦わら帽子が欠かせない
弁当だって食べる

浮きが不意に沈んで
あっ　と声が漏れれば
今年も
あと残りわずか

アレキサンダー君へ

アレキサンダー君、
怪獣が
もう近所のタバコ屋の
店先までやって来ている
ただちに起きてくれまいか
部屋から出てきてくれまいか　君の
渾身のキックで
息の根を止めてくれないか　想像が追いつかないほどの
凶悪な怪獣なのだからと

ぼくは
玄関の前で
直立不動で
大声で　アレキサンダー君に伝えました。

だんだんとそうなっていく

固有名詞が出てこない
あの具体的なものもこの具体的なものも
思い出の底へ
溶けて
（白い恋人たち）
いちごをぱくぱく　食べながら
トチオトメは全然食べていない
いったん電車に乗り込めば
どの駅で降りても

オーケー
どんな
色の雨がざあざあとぼくに降りそそいできても
ヨシコ*さんのいない　町は
平和

*タカノブの三女。詩「タカノブさん」を参照のこと。

ついにはこうなった

ついにもう　字が読めない
眺めていることなら
できる
朝から晩まで光の下で
あぐらをかいて眺めていると
美しい形の字とみにくい形の字との違いが
おのずから際立ってくる　のだけれども
おもわず全身が震えてしまうほど形が美しくても
心の汚い字もあった

そいつにはさんざん酷い目にあわされた
必ず仕返しをしたいものだ
できるだけ早いうちのほうが
よい
慌てる

何かのさかな屋さん

死んでみたら
何かが残った
ここ以外に場所はないので
何かは今もここにいる　それまでは
さかな屋さんであったのであり
さかな屋さんという商売が大好きだったから
座って　店番をしている
たまさか
お客さんが来店しても

「いらっしゃい」とは言わない　というよりも
まるで声がかけられない
どのようなさかなが選ばれるのかだけを最後までじっと見ている

最後のランナー

A君の指紋にB君の指紋が
B君の指紋にC君の指紋が
重なった
バトンを
C君から受けとった　そのとき
C君の口元から白い歯が
こぼれたな　あれは
何の表現だったの
かしら

それとも
脈絡もなく微笑むくせが　人類にはある
ことだしな

地獄の日々

針の山がそびえ立っている
血の池が煮えたぎっている
午前中は散策をし
午後に入湯する
いずれの時間帯にしても
とても痛い
生きているときに人非人であった者たちの
死体には
神経線維が残る　ということ

死んでからはじめて認識したことの内の
ひとつだ

ゴクラク、ゴクラク、

極楽にはだれだって行けるのだって　という
わけで
ぼくもきみたちも
よだれを垂らして
この蓮の池のほとりにて膝を突き合わせているのに
あいつひとりだけがいない
何かにつけて平均的な
あいつだったのに
なぜか　と

そこで理由を尋ねてしまったりするようでは
極楽では
やっていけません

ぼくにはそう見える

収拾がつかなくなってきた　そこで
収拾をつける必要がそもそもあるのか　という
また別の意見も頑としてあり
鴉がうるさく鳴いている
あの女子店員は
意地が悪そうだ
ぼくにはそう見える
消しゴムが　三角で
お月さまはまっさお

ぼくにはそう見えていた
ずっと黙っていた
昨日までは

初恋のひと

未来が少なくなっていくにつれ
過去は
まるまると太って
暖かくなっていく
同窓会が待ち遠しくなる　完全に
未来がなくなった　永遠なる欠席者の
ニック・ネームが思い出せない
何だったっけな
何だったっけなと　うんうん唸っているうちに

現在のビールを飲み忘れる
初恋のひとだったらしき人が　斜向(はすむ)かいに坐っている
それとなく観察すれば
彼女もビールを飲んでいない

神尾和寿（かみおかずとし）
一九五八年生まれ
詩集
『神聖である』　一九八四年　文童社
『水銀 109』　一九九〇年　白地社
『モンローな夜』　一九九七年　思潮社
『七福神通り―歴史上の人物―』　二〇〇三年　思潮社
『地上のメニュー』　二〇一〇年　砂子屋書房
『現代詩人文庫⑭ 神尾和寿詩集』
二〇一一年　砂子屋書房

詩集　アオキ
二〇一六年九月一日発行
著　者　神尾和寿
発行者　涸沢純平
発行所　株式会社編集工房ノア
〒五三一―〇〇七一
大阪市北区中津三―一七―五
電話〇六（六三七三）三六四一
FAX〇六（六三七三）三六四二
振替〇〇九四〇―七―三〇六四五七
組版　株式会社四国写研
印刷製本　亜細亜印刷株式会社

ISBN978-4-89271-261-6